獻給所有慈愛但忙碌的爸爸。 ——琵琶・古德哈特

獻給我最棒的爸媽，他們永遠與我同在，即使我們分隔兩地。 ——奧嘉絲塔・柯克伍德

謝謝琵琶和奧嘉絲塔和我們一起跳躍，創作出這麼好的一本書。 ——小門圖書

我想為你摘月亮

文／琵琶・古德哈特　圖／奧嘉絲塔・柯克伍德　譯／海狗房東　美術設計／蕭雅慧

步步出版

社長兼總編輯｜馮季眉　主編｜許雅筑　編輯｜戴鈺娟、陳心方、李培如

出版｜步步出版／遠足文化事業股份有限公司

發行｜遠足文化事業股份有限公司（讀書共和國出版集團）

地址｜231 新北市新店區民權路 108-2 號 9 樓　電話｜(02)2218-1417　傳真｜(02)8667-1065

客服信箱｜service@bookrep.com.tw　網路書店｜www.bookrep.com.tw　團體訂購請洽業務部｜(02) 2218-1417 分機 1124

法律顧問｜華洋法律事務所 蘇文生律師　印製｜凱林彩印股份有限公司

初版｜2020 年 7 月　初版二刷｜2023 年 7 月　定價｜320 元　書號｜1BSI1061　ISBN｜978-957-9380-62-1

特別聲明：本書僅代表作者言論，不代表本公司／出版集團之立場。

我想為你摘月亮

文｜琵琶·古德哈特
圖｜奧嘉絲塔·柯克伍德
譯｜海狗房東

青蛙在蓮葉上彈跳著，
他的生活無憂無慮。

這時，一隻小蝌蚪扭動著身體，從卵裡面

鑽出來說……

「你是我的青蛙爸爸！
我愛你！」

「我也愛你。」
青蛙爸爸說。

但是，他覺得
這麼說，還不足以
讓青蛙寶寶感受到
他全部的心意。

「爸爸，爸爸，你可以教我
怎麼擺動身體嗎？」青蛙寶寶說。
「現在還不行，」青蛙爸爸說：
「因為我想要去找個東西送給你，
讓你知道我有多麼愛你。」

噗ㄆㄨ通ㄊㄨㄥ！嘩ㄏㄨㄚ啦ㄌㄚ！
青ㄑㄧㄥ蛙ㄨㄚ爸ㄅㄚ爸ㄅㄚ潛ㄑㄧㄢ入ㄖㄨ池ㄔ塘ㄊㄤ，
游ㄧㄡ走ㄗㄡ了ㄌㄜ。

於ㄩ是ㄕ，青ㄑㄧㄥ蛙ㄨㄚ寶ㄅㄠ寶ㄅㄠ自ㄗ己ㄐㄧ練ㄌㄧㄢ習ㄒㄧ擺ㄅㄞ動ㄉㄨㄥ身ㄕㄣ體ㄊㄧ。

在池塘深處，青蛙爸爸一邊游，一邊尋找，終於發現一顆渾圓的石頭。

「這就像我對寶寶的愛一樣完美。」青蛙爸爸心想。

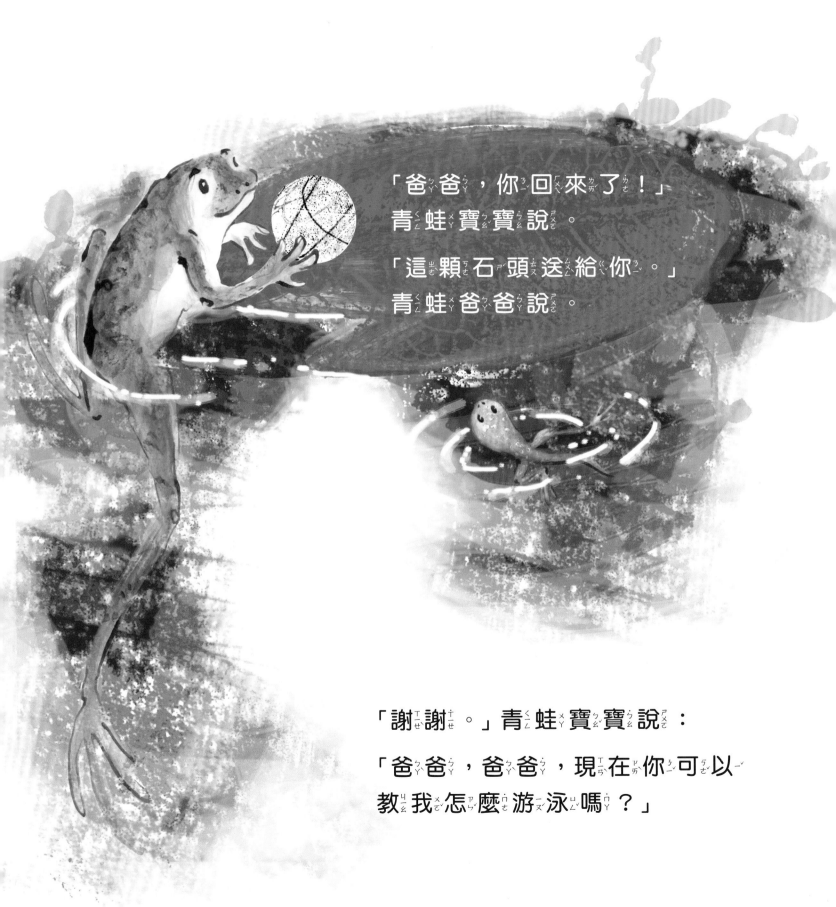

「爸爸，你回來了！」
青蛙寶寶說。

「這顆石頭送給你。」
青蛙爸爸說。

「謝謝。」青蛙寶寶說：
「爸爸，爸爸，現在你可以
教我怎麼游泳嗎？」

「唉呀！」青蛙爸爸說：
「這顆石頭離開水之後，看起來
真普通，我得再去找更好的東西，
讓你知道我對你的愛。」
他一跳！又離開了。

於是，青蛙寶寶自己練習游泳。

青蛙爸爸一邊跳，一邊尋找，
過了好幾天，終於找到一朵
優雅的蓮花。

「你回來了，爸爸！」青蛙寶寶說。

「這朵蓮花送給你。」青蛙爸爸說。

「謝謝。」青蛙寶寶說：

「爸爸，爸爸，現在可以請你教我怎麼跳嗎？」

「唉呀！」青蛙爸爸說：

「這朵蓮花枯萎了，我得再去找更好的東西，
讓你知道我對你的愛。」

於是，青蛙寶寶自己練習跳。

可是，好難啊。

青蛙爸爸抬頭仰望，
他看見月亮，
美得不得了。

「我要將月亮送給我的寶貝。」
他下定決心，接著就彈跳起來，
高高的跳到天空中！

但是，無論青蛙
爸爸跳得多麼高，
也沒有辦法
摸到月亮。

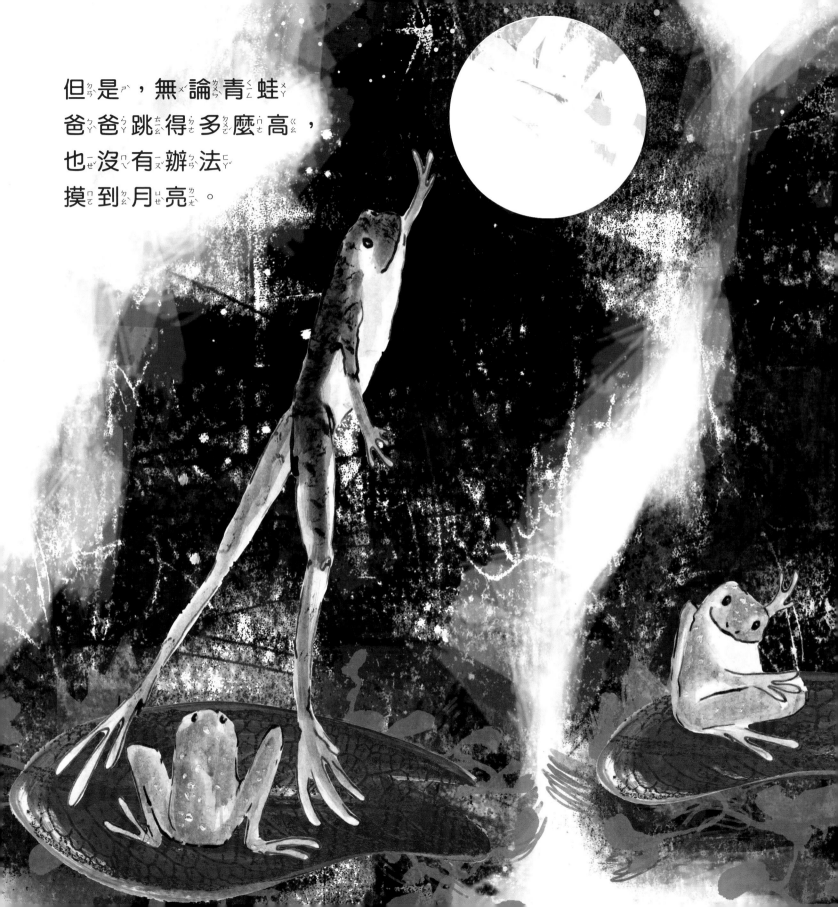

不久，月亮就消失在雲層之後。

「唉呀……」青蛙爸爸嘆了一口氣。

但就在這個時候，他聽到開心的聲音……

「耶！」青蛙寶寶歡呼著：
「爸爸，你教會我怎麼跳了！」
「真的嗎？」青蛙爸爸說。
「是啊！」青蛙寶寶說：
「我跳得好高，就像彈起來一樣！
爸爸，爸爸，現在你可以
陪我一起跳嗎？」

青蛙爸爸忽然明白該怎麼做，
才能讓青蛙寶寶知道自己
多麼愛他。然後，他說……

「好啊！我很樂意！」
青蛙爸爸和
青蛙寶寶一起跳。

跳 跳 跳

跳ㄊㄧㄠˋ跳ㄊㄧㄠˋ彈ㄊㄢˊ彈ㄊㄢˊ跳ㄊㄧㄠˋ‥‥‥

直到他們都累了才停下來。
「寶貝，看看月亮。」青蛙爸爸說：
「月亮的模樣會改變，但是它
永遠都在，就像我對你的愛一樣，
寶貝，就像我對你的愛一樣。」

「我ㄨˇ知ㄓ道ㄉㄠˋ啦ㄌㄚ，爸ㄅㄚˋ爸ㄅㄚ。」青ㄑㄧㄥ蛙ㄨㄚ寶ㄅㄠˇ寶ㄅㄠ說ㄕㄨㄛ。

愛的證明

海狗房東（繪本工作者）

我曾說過自己非常喜歡繪本中的青蛙，因為青蛙在繪本的圖畫和故事中，總是純真、靈巧、帶著幾分傻氣，卻又不像毛茸茸的動物那樣，很容易顯得過度可愛，一不注意就甜得膩了。不過，令我欣喜獲得此書翻譯機會的主因，不完全只是因為主角是青蛙，更是因為作者充分運用青蛙的特點，將親子關係的故事說得既流暢又深刻，令我佩服且感動。

變態的發育過程是青蛙的生物特性，從蝌蚪成長至成蛙，每個階段都有不同的樣貌；這個故事便是利用這一點，巧妙表現出童年的時效性，也凸顯父母與幼兒相伴的親子時光彌足珍貴。透過角色的自然變化，故事沒有明講，卻道盡陪伴的重要性，對於親職責任壓力不小的家長而言，是很溫柔的提醒。

同時，圖畫中的朦朧感，不僅為池塘和月色增添了氤氳的神祕氣息，換個角度想，似乎也呼應為人父母的心境。世上沒有親職研究所，沒有人可以先經過一番研修、取得學位之後，才開始當父母，多半都是帶著又愛又慌的心，一邊度日，一邊摸索怎麼成為更好的父親與母親吧。這樣的心境，也是朦朦朧朧，如書中的圖畫一般。

故事中的青蛙爸爸，為了讓寶貝孩子明白自己多麼愛他，四處去尋找「足以表達他的愛」的禮物。在他每一次啟程之前，孩子都會撒嬌的喊著要爸爸留下來教他點什麼，但爸爸都匆匆離去，因為他迫切想要證明自己對孩子的愛。

一次又一次，青蛙爸爸原本覺得完美無瑕的禮物，最後都不如預期——奇石離開水中便失去了光澤、蓮花摘取未久也枯萎色衰，青蛙爸爸只好再次啟程。然而，這世界上有什麼東西可以永不敗壞呢？

除了愛本身，所有用以證明愛的物質，都無法匹敵。

青蛙爸爸一直沒有意識到，只要自己陪伴在孩子身邊，在孩子成長的過程中「在場」，就是最好的證明了。還好，在故事結束之前，青蛙爸爸透過孩子純真的眼睛，領悟到了這一點；雖然小蝌蚪早已長成了小青蛙，也還不算太遲。

作者在故事開始前，特別聲明要將此書「獻給所有慈愛但忙碌的爸爸」，然而，無論父親或母親，都有可能為了家庭生計在外奔忙，現實有現實的難，多數人無法從此放下工作，成為全職的陪伴者與照顧者，但至少在孩子成長過程中，多為自己爭取一些「在場」的時間吧。

以孩子的角度來看這本書，我想，孩子一定可以在青蛙爸爸使盡全力彈跳、飛躍，想為青蛙寶寶摘下月亮的時候，攫取到一點熟悉的情感和心意吧。那必定是來自於你們的、日常點滴裡的行動證明。

作者簡介

琵琶・古德哈特 Pippa Goodhart

成為作家之前，是英國劍橋的一位賣書人，在 25 年的創作生涯中，她出版超過一百本書，也曾獲獎肯定。她最為人所知的應該是《由你選擇》(暫譯，繪者為尼克・夏洛特)，此書暢銷超過一百萬本；另外，還有她以蘿拉・歐文為筆名撰寫的「巫婆阿妮」系列橋梁故事書。琵琶參與過許多校園和文學活動，並在劍橋大學的終身學習課程和耶利歌寫作學社中，教授成人如何為兒童創作。

繪者簡介

奧嘉絲塔・柯克伍德 Augusta Kirkwood

插畫家，成長於蘇格蘭高地，生活被六個手足、像寵物般的野生動物圍繞著，兒時就開始畫畫的她，致力在畫中捕捉動物朋友的純真和活潑的模樣，同時也試驗不同的質地與色彩。
曾在愛丁堡藝術學院學習插畫，之後又以優異的成績，在愛丁堡納皮爾大學取得出版碩士學位。《我想為你摘月亮》是她第一本出版的繪本作品。

譯者簡介

海狗房東

曾在兒童產業中主理教學研發、親子美育部門，現為故事作者、繪本譯者、Podcast 網路廣播「故事休息站」節目主持人。著有《繪本教養地圖》與繪本《花地藏》、《小石頭的歌》、《媽媽是一朵雲》等書，繪本評介多發布於「海狗房東繪本海選」臉書專頁。